Maryline Desbiolles

Aïzan

Médium
l'école des loisirs
11, rue de Sèvres, Paris 6e

ISBN : 978-2-211-08327

Loi n° 49.956 du 16 juillet 1949 sur les publications
destinées à la jeunesse : septembre 2006
Dépôt légal : décembre 2007
Imprimé en France par Aubin Imprimeur à Poitiers

À Lucie

Tant qu'elle ne bouge pas, qu'elle ne fait pas le moindre mouvement, les arbres continuent de se pencher sur elle, de lui verser dessus la lumière retenue entre leurs branches. Tant qu'elle ne bouge pas, elle est dans la forêt, elle dort dans la mousse, elle n'a pas de nom, elle est encore à naître, elle n'a pas peur des bêtes ni des monstres. Le loup est beau dans la forêt parce qu'il s'y tient caché. Tant qu'elle ne bouge pas, qu'elle ne sort pas de sous le drap, tant qu'elle ne se cogne pas, même légèrement, au mur, elle n'a pas sur le dos les habitants de la cité, leurs bruits de pas, leurs remuements, leurs musiques, leurs fiestas, leurs grognements, leurs jets d'urine, leur chagrin.

Aïzan était toute petite lorsqu'elle est venue de Tchétchénie en France. Elle ne se souvient pas de la Tchétchénie, pas du voyage en avion, le seul voyage en avion qu'elle ait jamais fait. Mais de l'hôtel où ils ont vécu à Paris elle se souvient un peu. Des odeurs, par-dessus tout des odeurs de nourriture qui imprégnaient le lit, comme sa mère arrivait à cuisiner, et bien que ce fût interdit, sur un minuscule camping-gaz dans la minuscule chambre. Des odeurs chaudes entre lesquelles on s'endormait comme des bienheureux, comme des petits pains qu'on aurait mis aussi à cuire doucement au four. De la chambre d'hôtel très étroite elle se souvient, et de l'odeur de son père, l'odeur un peu brutale de son torse nu contre lequel elle s'était endormie un soir qu'il faisait tellement chaud. Mais quelquefois l'odeur de son père ne réapparaît pas, elle se souvient qu'elle se souvient, rien d'autre pour attester qu'un jour ils furent trois, 3, chiffre magnifique, il n'y en a pas de plus beau pour Aïzan. Et on peut bien lui dire que cette chambre était sinistre, insalubre, un taudis, elle n'en croit rien. La chambre est à jamais un nid suspendu dans les arbres de Paris car des arbres de Paris elle se souvient aussi, des marronniers en fleur ou des tilleuls dont le parfum donne envie de danser au printemps.

À l'Ariane il n'y a pas beaucoup d'arbres. Le père d'Aïzan avait déjà disparu, sans doute, quand la mère annonça qu'elles allaient s'installer à l'Ariane, un quartier de Nice, la belle ville du Sud près de la mer. Son père avait déjà disparu, Aïzan mélange les dates, les faits, sa mémoire est embrumée. Sa mère a dit : ton père est parti, et après il ne fallait plus rien demander, il ne fallait plus jamais parler de son père. Il n'y avait pas de photo de lui, pas d'histoire : juste une odeur de sueur un soir d'été. Parti, en allé, mort, disparu, envolé, anéanti, volatilisé. Voilà ce qu'elle aurait envie d'écrire en face de profession du père, à l'école et maintenant au collège. Mais au lieu de tous ces mots elle laisse un blanc. Son père est suspendu, happé par un trou d'air. Et le nid est défait. Aïzan avait été contente de savoir qu'elles allaient partir. Tout était bancal à Paris depuis qu'elles n'étaient plus que deux, 2 et non plus 3, le chiffre magique qui les avait protégés jusque-là. Tout allait de travers. Tout semblait glisser sur un sol en pente vers un effroyable grand trou. Elle était contente d'aller vers le sud, vers la mer. Et puis surtout elle aimait ce mot d'Ariane. Elle l'aima tout de suite à cause du A qui ouvrait le mot et qui le reliait à son propre prénom et à la ville de Tchétchénie, Argoun, d'où on lui avait dit qu'elle venait.

C'est pendant les mois qui ont précédé leur départ de Paris qu'Aïzan s'est inventé une troisième personne, une alliée, une sœur, et les mots et les gestes pour la faire apparaître. Des mots et des gestes insignifiants afin que même en la surprenant, même en la voyant faire, on ne se doute de rien. Elle a donné à sa sœur, non pas de chair ni de sang, mais sa sœur d'air et de pensée, le nom d'Ariane. Si bien que lorsque sa mère lui parle de l'Ariane où elles vont habiter elle rentre dans son jeu sans le savoir. Nous allons habiter à l'Ariane, à l'Ariane nous retrouverons le cousin Salman, l'école de l'Ariane est tout près de l'immeuble où nous habiterons. Aïzan ne manque pas d'interroger sa mère sur ce qui les attend à l'Ariane, car plus le nom de sa sœur inventée est prononcé, plus Ariane gagne en crédit et s'émancipe du secret où la tient Aïzan. Plus on prononce son nom, plus Ariane a de chances de ne pas se perdre dans les limbes, dans les rêves, dans le brouillard. Aïzan est certaine qu'un jour Ariane finira par apparaître sans qu'elle ait besoin de l'invoquer, sans qu'elle ait besoin des petits mots et gestes ; Aïzan est certaine qu'un jour les autres aussi s'apercevront de sa présence. Pour l'instant seule Aïzan sait quand Ariane est là, quand Ariane lui prend la main, lui raconte à l'oreille des petites histoires, la fait rire, lui caresse les cheveux, entoure ses épaules. On ne peut pas dire qu'Aïzan la voit, même si elle sait qu'elle a de longs cheveux blonds bouclés, des yeux brillants, qu'elle est menue et a exactement la même taille qu'elle. Aïzan ne la voit pas, elle éprouve sa blondeur, ses yeux brillants, sa taille, elle hume la lumière de ses cheveux, elle flaire l'éclat de ses yeux, elle sourit au bonheur de sa taille exactement ajustée à la sienne. Pour la faire apparaître Aïzan se frotte les creux et bosses qu'on a sur le dessus de la main lorsqu'on serre le poing, et qui servent à savoir si les mois ont trente ou trente et un jours. Personne n'a jamais su lui dire comment s'appelle en français ce rempart crénelé de la main, ni ses camarades de l'école, ni la maîtresse, et sa mère ne le sait pas non plus ni en tchétchène ni en russe.

Aïzan tire donc son alliée, sa sœur, de cet endroit sans nom de son corps, de cet endroit si précieux. Elle frotte les creux et bosses de son poing en répétant des petits mots doux, les plus doux qu'elle connaisse, une litanie de mots doux; quelquefois ça ne marche pas, Ariane ne vient pas, les mots n'étaient pas assez doux, Aïzan n'y a pas mis tout son cœur, le plus souvent elle vient, quelques minutes le soir avant de s'endormir, elle se blottit contre Aïzan dans le lit étroit, dans la cour de récréation elle partage la solitude d'Aïzan qui joue rarement avec les autres, elle la rejoint dans la rue, et même dans le silence de sa mère. Quand Aïzan veut se séparer d'elle il lui suffit de desserrer le poing et d'étendre la main, de faire disparaître les petits creux et bosses.

L'Ariane n'est pas près de la mer et ne ressemble guère à Nice même si c'est bien un quartier de Nice. Un quartier justement puisque ce mot désigne à présent la banlieue, la périphérie, la zone, puisque ce mot, surtout au pluriel, désigne ce qui n'est pas la ville comme il faut. J'habite les quartiers et on sait tout de suite à qui on a à faire. Quartiers, divisions, morceaux qui ne font pas partie du grand tout de la ville ? alors que le mot fleurait bon autrefois l'intimité de la ville, la vie de quartier...

L'Ariane se trouve à l'est de Nice. On longe le Paillon, le fleuve presque toujours à sec, et soudain, à la faveur de grosses pluies, tumultueux et débordant, le fleuve qu'on s'ingénie à recouvrir comme pour punir son régime fantasque d'oued. On longe le Paillon qui réapparaît après le Palais des expositions. Sur une rive la prison surpeuplée, sur l'autre les abattoirs désaffectés, entre les deux, dans le lit du fleuve, le lycée de l'Est qu'on oublie d'appeler Guillaume-Apollinaire tant sa façade est grise et obtuse. On emprunte la voie sur berge, autrement dit la voie rapide, à gauche les grands bâtiments de l'Hôpital psychiatrique et ses fenêtres à barreaux, et juste après le carrefour : l'Ariane, avec pour l'annoncer hautement la grande cheminée de l'incinérateur. Depuis la voie rapide on ne voit pas bien sûr que les immeubles blancs et roses cachent encore quelques petites maisons, coquettes et entourées de jardinets qui attestent que l'endroit fut naguère assez fertile pour qu'on y cultive légumes et fruits. Potagers et vergers où coulait la Riane, un ruisseau peu profond que l'on pouvait suivre comme un sentier, un chemin d'eau, une rainure fraîche dans le paysage, la Riane oubliée, enfouie sous les constructions et dont le nom même fut comblé par le prénom féminin. Ariane, plus du tout le nom du cours d'eau mais peut-être celui de la divinité de l'eau secrète qui irrigue silencieusement la mémoire du quartier.

Ce n'est pas immense, mais on se repère mal. Pas de centre. Une grande église, disproportionnée, sans grâce, construite dans les années soixante, tout récemment une caserne de CRS démesurée elle aussi, comme un vaisseau ou un fortin, c'est selon. La poste, le jardin public surtout où se retrouvent les mères et les enfants, quelques bistrots et commerces qui semblent sur le qui-vive, provisoires, même ceux qui sont installés depuis longtemps. Cela n'empêche pas qu'on s'y sente bien, d'autant plus peut-être qu'ils sont inespérés tant le quartier paraît abandonné, les rues mal tenues sans compter les immeubles, certains sont murés en partie, on va les détruire bientôt, allez vous faire voir ailleurs, nous allons enfumer vos tanières, saccager vos cocons, faire place nette.

« Le jardin nous sauve », avait dit une voisine à la mère d'Aïzan lorsqu'elles étaient arrivées à l'Ariane et avaient emménagé dans la tour au bord du Paillon. Dans la tour habitent le cousin Salman et sa famille, d'autres Tchétchènes, des Noirs, des Arabes, des Portugais, des Gitans, quelques Français, de souche, comme on dit, quelques Français, pas beaucoup. « Le jardin nous sauve. » Au début Aïzan y est allée avec sa mère mais elle a du mal à jouer avec les autres, même ceux qu'elle connaît de l'école. Elle préfère de loin aller seule dans le lit du Paillon où on ne va pas d'habitude se promener, dans le lit de cailloux et d'arbres maigres, dans le lit du fleuve, de l'oued presque toujours à sec mais qui jette son aridité à la mer.

Elle explore le lit du Paillon par le menu, chaque broussaille, elle retourne les galets, les vieux pneus, les ordures qu'on y jette en abondance, elle sonde le filet d'eau qui se recouvre d'algues jaunes lorsqu'il fait chaud. Et s'il a plu, c'est la fête, elle fait courir de fines branches, des pirogues sur l'eau. Parfois elle ne peut pas descendre dans le lit tant l'eau est abondante. Elle reste alors sur le bord et ne fait rien que regarder.

C'est une de ces fois-là qu'elle rencontre Monsieur M'Boup. C'est un homme noir, grand et fin, auquel elle ne sait pas donner d'âge. Il regarde l'eau lui aussi, il lui sourit, un drôle de sourire timide qui donne envie à Aïzan de s'approcher de lui. Il lui dit qu'il vient du Sénégal. Il lui dit que le Sénégal est un fleuve mais alors très grand, très long, bien plus de mille kilomètres, tu vois, pas comme ce cours d'eau ridicule, mais irrégulier comme lui, et quand il pleut il devient très gros mais alors très, très gros, le Paillon se noierait en lui comme une aiguille d'eau.

Monsieur M'Boup lui dit que sa femme et ses sept enfants vivent au Sénégal, il va les voir chaque année. Il dit qu'il a déjà des petits-enfants. Qu'il vit en France depuis 1976, il y a si longtemps, pense Aïzan, pour gagner de l'argent et l'envoyer à sa famille, mais aujourd'hui il a du mal à trouver du travail. Il lui demande ce qu'elle fait à l'école et il est bien étonné qu'Aïzan ait de bonnes notes mais qu'elle ne soit pas plus passionnée. Lui, il aimait ça l'école. Surtout le français, la grammaire, il était très fort en grammaire, on ne peut pas comprendre une langue, on ne peut pas l'aimer, si on ne comprend pas sa grammaire. Il se souvient encore de la dictée d'entrée en sixième. En ce temps-là, tu vois, il fallait passer un examen pour entrer en sixième. « Dans la brousse au bord du Sénégal la nuit planait sur la vaste plaine, on entendait de proche en proche crépiter les broussailles sèches.» Il se souvient même de la ponctuation: «la nuit planait sur la vaste plaine virgule on entendait de proche en proche...» Vous vous souvenez de poèmes? Oui bien sûr, et il récite à toute allure *Le Semeur* en faisant le geste ample de semer des graines à la volée. Aïzan regarde les graines du poème s'engloutir dans le Paillon. Monsieur M'Boup s'emballe. Je peux aussi te réciter *Phèdre* en entier, si tu veux. Qu'est-ce que c'est, *Phèdre*? C'est une pièce de théâtre et il récite de longs passages en effet, toujours à toute allure. Aïzan ne comprend pas bien à cause de l'accent africain de Monsieur M'Boup et de son débit, les mots sont difficiles, mais elle trouve cependant que c'est magnifique. Elle attrape au vol: «Ariane, ma sœur, de quel amour blessée, Vous mourûtes aux bords où vous fûtes laissée!» Elle lui demande de répéter. Elle entend surtout: «Ariane, ma sœur» et elle se sent un instant beaucoup moins seule avec Monsieur M'Boup, beaucoup moins «laissée» au bord du Paillon en crue avec ces mots d'un autre âge, appris sur un autre continent.

Aïzan demande à Monsieur M'Boup s'il sait comment on appelle en africain (en wolof, préciset-il) ces creux et bosses qui apparaissent quand on serre le poing. Mais il ne sait pas, il dit qu'il n'y a pas de mot pour ça en wolof.

Depuis qu'elles sont arrivées à l'Ariane, les traits de son père se sont tout à fait évanouis, il ne reste plus que l'odeur de son torse nu, un soir de canicule, mais quelquefois elle croit qu'elle l'a rêvée, que son père n'a jamais existé, que sa mère comme dans certaines légendes l'a eue toute seule, et qu'elle est sortie de l'oreille de sa mère, déjà grande, aucun homme ne l'a portée, bébé, dans ses bras. Elle sait qu'elle ne doit rien demander à sa mère. Elle a peur que s'ouvre la douleur de sa mère, que du sang en coule. Elle se regarde longuement dans la glace. Elle croit qu'elle ne ressemble pas à sa mère. Possède-t-elle les traits de son père ? Elle caresse son propre visage comme si elle caressait celui de son père. Son nez, ses lèvres épaisses, ses yeux plus que noirs. Puis elle oublie tout. Il lui est tellement incompréhensible qu'un homme, son père, ait pu quitter une femme aussi belle que sa mère. Les yeux bleus de sa mère, bleu sombre comme ce doit être, pense Aïzan, au milieu de l'océan, la peau blanche, le front très grand, plus grand encore à cause du bandeau qui retient les cheveux noirs.

En Tchétchénie la mère d'Aïzan était directrice d'école. En France elle parle moins bien le français qu'Aïzan, elle a un très fort accent, elle ne peut pas aider sa fille à faire ses devoirs. Elles parlent français entre elles, Aïzan ne parle plus tchétchène, sa sœur s'appelle Ariane, elle est passée du côté de la langue d'Ariane. Mais elle n'oublie pas les mots qui ont chanté dans sa très petite enfance, elle comprend quand sa mère parle tchétchène ou le cousin Salman. Quelquefois Aïzan se sent plus grande que sa mère qui ne sait pas bien parler français, qui est abandonnée, et le sentiment d'être plus grande que sa mère lui donne envie de pleurer. Sa mère travaille dans une grande surface, c'est le cousin Salman qui lui a trouvé de travail, elle a beaucoup de chance, elle est gondolière, c'est elle qui remplit les rayons, qui range les boîtes de conserve, les yaourts, les vêtements, qui veille à ce que rien ne manque. À cause de la guerre en Tchétchénie la mère d'Aïzan ne sait plus rien apprendre aux enfants mais range des petits pois. Peut-être son père est-il retourné se battre en Tchétchénie ? Et quand la guerre sera finie il leur téléphonera de rentrer, de reprendre leur vie à Argoun, à nouveau tous les 3. C'est pour cela qu'elle ne doit pas oublier sa langue, pour qu'être 3 comme avant soit toujours possible. Mais son père sait-il seulement où elles se trouvent ?

Pendant des jours, des mois peut-être, elle oublie tout, père, mère abandonnée, Tchétchénie, guerre. Elle passe beaucoup de temps près du Paillon à soulever des galets, à ramasser de menus objets, à cueillir des herbes, à chantonner pour Ariane, son amie, sa sœur qu'elle tient cachée sous sa peau, dans sa main, Ariane qui lui est si fidèle, qui ne se fatigue pas d'elle. Elle rencontre parfois Monsieur M'Boup, toujours bien droit, élégant, toujours souriant même s'il est loin des siens. Elle ne lui parle pas d'Ariane mais elle a le sentiment que sa sœur est visible pour lui qui connaît des histoires, des belles phrases difficiles à comprendre, où il est question d'elle. Monsieur M'Boup fait mine de rien. Aïzan a en lui une confiance aveugle. Il ne parlerait à personne des apparitions d'Ariane. Les poèmes qu'il sait par cœur lui nettoient le cœur. C'est pourquoi il n'est pas triste, c'est pourquoi il ne trahit pas les secrets.

Aïzan chuchote à l'oreille de sa sœur, Aïzan lui raconte tout ce qui s'est passé pendant qu'elle sommeillait, elle invente aussi des histoires et elle n'est pas obligée de préciser quand c'est pour de vrai et quand ça ne l'est pas. Quelquefois sa mère surprend Aïzan en train de marmotter. Ariane se tient coite, elle se cache dans le dos d'Aïzan. La mère est très en colère, elle dit que ce sont les fous qui parlent tout seuls. Un jour Aïzan lui dit: «Je ne suis jamais seule» et la mère se met à pleurer. C'est la première fois qu'Aïzan la voit pleurer, elle ne sait pas ce qu'on doit faire. Aïzan ne bouge pas. On dirait que la mère rajuste ses vêtements lorsqu'elle finit par sécher ses larmes.

Il arrive que la mère se mette en colère mais le plus souvent elle baisse les bras. Elle a fini par permettre à Aïzan de sortir un peu après le dîner. Il y a sur les bords du Paillon une cabane en planches, à demi en ruine, envahie de broussailles, un arbrisseau sort même d'une ouverture qui a dû servir de fenêtre. Un soir, il fait déjà nuit noire, Aïzan entend un gros souffle, un gros chut qui vient de la cabane. Elle a très peur mais elle ne s'enfuit pas. Le chut est insistant. Elle ne fait pas de bruit, mais on dirait que quelqu'un lui demande violemment de se taire. Tout à coup un oiseau blanc, un grand oiseau blanc jaillit du toit de la cabane. Il vole un moment dans le bleu sombre, le bleu nuit du ciel de la nuit. C'est un éclat si grand que la nuit est trouée.

Le lendemain, Aïzan n'y tient pas. Pendant la récréation elle raconte à la maîtresse ce qu'elle a vu s'envoler de la cabane. La maîtresse réfléchit un moment puis elle dit que ce devait être un oiseau nocturne, une chouette effraie qu'on appelle aussi « dame blanche ». Aïzan revoit longtemps le vol magnifique déployant lentement le bleu de la nuit. Elle n'a pas besoin de fermer les yeux. L'effraie aux ailes étendues ne la quitte pas. Les nouvelles images se surimpriment sur le vol blanc. Jusqu'à ce qu'Aïzan arrive à se faire à l'idée que ce qui est éclatant, ce qui est très beau est aussi ce qui fait peur.

À présent Aïzan est en sixième, au collège de l'Ariane. Elle est toujours bonne élève et elle n'est toujours pas passionnée, elle s'ennuie, elle s'ennuie tellement parfois qu'elle serre le poing, frotte ses creux et bosses sur le dessus de la main pour que sa sœur lui vienne en aide et l'empêche de tomber dans le trou d'ennui. Sa sœur sait qu'Aïzan ne doit pas parler en classe, elle se fait toute petite sur la chaise d'Aïzan, elle se serre contre elle. Aïzan lui fait de petits dessins, quelquefois elle lui écrit des choses dans les marges des cahiers, quelquefois elle lui écrit des histoires, des histoires au bord du Paillon, où apparaît la dame blanche mais aussi des poissons au ventre d'argent, des serpents colorés, plus colorés sans doute que ceux qu'elle a aperçus entre les herbes. Il arrive qu'on lui confisque son cahier, mais Aïzan sent bien qu'on la réprimande mollement lorsqu'on découvre ce qui l'absorbait tant. Et puis surtout elle prend plaisir à ce que le professeur lise son histoire. Elle ne s'en prive plus du tout. Elle se cache à peine. Peu lui importent les punitions, les lignes à copier ou même les heures de colle qu'elle finit par récolter.

Aïzan n'est pas la seule de sa classe dont la mère ne parle pas bien le français. À l'Ariane presque tous les enfants ont des parents ou des grands-parents étrangers. Même les Français, de souche comme on dit, y ont l'air étrangers. Elle est la seule Tchétchène de sa classe, mais son prénom va de soi parmi les Mejdi, Salim, Noura, Karima ou Kevin. Aïzan se représente l'Ariane comme un paquebot. Elle est sûre qu'il n'est pas encore arrivé à bon port mais où va-t-il ? elle ne sait pas, elle ne sait pas du tout.

La mère d'Aïzan ne porte pas de voile sur ses cheveux mais un bandeau comme les femmes en portent en Tchétchénie. Aïzan trouve que c'est joli, que le bandeau souligne le grand front blanc de sa mère et le bleu océan de ses yeux. Mais elle, Aïzan, ne portera jamais de bandeau. Elle préfère avoir les cheveux dans les yeux, une vraie crinière qu'elle secoue comme celle d'un cheval. Elle préfère galoper, sa sœur, son amie précieuse, Ariane sur son dos, leurs cheveux à elles deux, emmêlés dans le vent, elle préfère hennir de toutes ses forces, de toute la force de sa chevelure libre, près du fleuve irrégulier.

En cours de français justement on parle des origines des élèves. Algérie, Tunisie, Portugal, Maroc, Bénin… «Aïzan est tchétchène…» dit la prof, «Aïzan est cheyenne», l'interrompt Kevin, et toute la classe se met à rire. Dans la voix de Kevin, cependant, il n'y avait pas de la moquerie mais quelque chose de tendre et d'admiratif. Aïzan se tourne vers lui et leurs deux paires d'yeux plus que noirs se reconnaissent.

Tout un ensemble d'immeubles doit être détruit bientôt. Un quartier dans le quartier. Certains immeubles sont déjà murés, les autres sont toujours occupés mais abandonnés, abandonnés aux ordures qui les bordent et aux rats qui savent qu'ils ont désormais… quartier libre. Même en plein jour, ils ne se gênent plus pour fouiller les ordures et se pavaner. Peut-être ont-ils compris qu'on n'avait pas plus d'estime pour ces habitations que pour leurs trous, qu'ils étaient à égalité avec ceux qui allaient être délogés, mais pour leur plus grand bien, c'est entendu. Là où vous avez vécu, aimé, désespéré, là où se tient votre mémoire ne vaut pas plus cher qu'un trou à rats. Il faut tout détruire, il faut que tout disparaisse, qu'on n'ait plus sous les yeux vos cocons sales, trop pleins de souvenirs.

Tout un ensemble d'immeubles doit être détruit bientôt et la tour où habite Aïzan. Elle a déjà vu à la télévision ces immeubles qu'on abat. Le bruit, la ruine instantanée, l'épaisse fumée. Des images de guerre. Sa maison à Argoun n'est-elle, elle aussi, qu'un monceau de gravats ? Cette destruction annoncée lui fait battre le cœur plus que de raison et la frayeur la tient éveillée dans la nuit. Elle n'ose pas réveiller son amie la plus proche, sa confidente, sa petite sœur, à quoi bon l'effrayer ? Elle reste dans le noir à guetter le bruit d'engins qui les assiégeraient par surprise. D'autant que son père n'est pas là pour se pencher au-dessus d'elle comme un arbre à la forte ramure.

Les sixième étudient la mythologie grecque en cours d'histoire. Ça ne soulève guère l'enthousiasme d'Aïzan qui continue de dessiner et d'écrire dans les marges de ses cahiers. Jusqu'au jour où elle découvre dans le livre d'histoire l'image d'un vase grec, un vase noir à peinture rouge brique. La légende de l'image est: «Lécythe (vase grec à forme de cylindre allongé, à col étroit, à embouchure évasée) à figures rouges. L'abandon d'Ariane endormie par Thésée que réveille Athéna. Vers 500-450 avant J.-C.» On voit Ariane au premier plan, elle est allongée, tournée vers nous. Elle dort sur le côté gauche, profondément. Elle sourit en dormant. Elle nous sourit, elle a encore sur les lèvres le dernier sourire qu'elle a donné à Thésée avant de s'endormir (elle ignore que c'est le dernier des derniers sourires), mais surtout elle sourit au sommeil auquel elle s'est abandonnée tout entière. Ils sont partis ensemble sur un bateau après que Thésée aidé d'Ariane a tué le Minotaure et s'est encore couvert de gloire. Ils ont fui la Crète et ont accosté une île où ils se sont tous deux endormis. Les seins d'Ariane sont dénudés, mais elle les cache avec ses bras, ses mains sont jointes sur sa poitrine. On dirait qu'elle a remplacé ainsi les bras de Thésée qui un instant plus tôt, quelques minutes peut-être, l'enserrait et dormait du même sommeil qu'elle. Thésée est encore allongé derrière elle mais il vient de se réveiller. C'est Athéna debout à leurs pieds qui vient de le réveiller. Athéna, coiffée d'un casque, porte une lance, elle avance une main comme pour dire à Thésée de ne pas faire de bruit. Thésée est pris entre le feu de la guerrière et l'amour confiant, l'abandon enfantin de la dormeuse. Thésée porte un débardeur très fin, transparent, qui laisse deviner son torse, son front est ceint d'une couronne de laurier. Thésée est légèrement relevé, une jambe pliée, une main tendue comme s'il sollicitait l'aide d'Athéna. Son parti est pris. Il est prêt à se relever tout à fait, à s'enfuir sans un bruit, sans un mot, à laisser Ariane.

Aïzan voudrait pénétrer l'image. Elle la regarde des heures. Elle y pense tout le temps. Elle veut tout savoir sur Ariane. C'est bien la même que celle de Monsieur M'Boup, celle qui est morte sur le rivage où elle a été abandonnée, la malheureuse sœur de Phèdre. Phèdre et Ariane habitaient en Crète, elles étaient les filles de Minos et de Pasiphaé. Mais elles avaient un demi-frère, le Minotaure, un monstre au corps d'homme et à la tête de taureau, fruit des amours de Pasiphaé et d'un taureau, la mythologie nous réserve décidément de sacrées surprises. Minos cache le Minotaure au fond d'un labyrinthe et chaque année il lui donne à manger sept jeunes garçons et sept jeunes filles, « des otages ? » demande Aïzan au prof d'histoire qui se fait un plaisir de l'entretenir d'Ariane après les cours, « Si tu veux. Les jeunes gens destinés au Minotaure venaient d'Athènes. Tribut de guerre, en somme. » C'est alors que le héros, Thésée, vint en Crète pour tuer le Minotaure et délivrer Athènes de l'horrible contrainte. Dès qu'elle l'aperçut, Ariane tomba amoureuse de Thésée. Il devait bien sûr être très beau, grand, fort, le teint hâlé, les yeux brillants, les cheveux bruns bouclés, cet air de conquérant qui conquiert immanquablement les cœurs. Elle lui donna une pelote de fil. Thésée tua le Minotaure et retrouva son chemin dans le labyrinthe grâce au fil d'Ariane. Selon une autre version, Ariane aurait donné à Thésée une couronne lumineuse afin qu'il s'oriente dans le labyrinthe. Et c'est peut-être cette couronne qu'il porte sur le vase. On peut voir ainsi qu'il trahit non seulement son amoureuse mais encore celle qui l'a aidé. «Pourquoi Thésée a-t-il abandonné Ariane ?» «C'est si mystérieux qu'il n'y a pas une réponse mais des dizaines.» Tantôt Thésée est amoureux d'une autre femme, tantôt c'est Athéna, comme sur le vase, qui commande à Thésée de laisser tomber Ariane (un héros a d'autres choses à faire que de partager le sommeil d'une amante). Ou alors c'est Dionysos, le dieu de la vigne, qui, fasciné par la beauté d'Ariane, ordonne à Thésée de s'effacer. Alors Ariane ne meurt pas de chagrin comme le prétend la Phèdre de Monsieur M'Boup, mais elle devient l'épouse de Dionysos. Thésée s'enfuit allègrement ou à regret, on ne peut être sûr de rien.

Ariane, Ariane, Ariane. J'habite à l'Ariane, j'ai inventé ma sœur Ariane, Ariane est endormie dans le livre d'histoire. Ariane est très belle, mais Thésée l'abandonne quand même. Thésée s'enfuit comme un voleur, profitant du sommeil d'Ariane, mais il reste un héros. Sa vie sera encore longue et ses exploits nombreux après qu'il a laissé Ariane sur l'île. Il aura bien d'autres amours. Il épousera même Phèdre, la propre sœur d'Ariane. Thésée a quitté Ariane et il est un héros. Aïzan est si excitée par cette révélation qu'elle aimerait en faire part à sa mère. Mais elle sait que sa mère ne peut pas l'entendre, et qu'elle doit garder le silence. Elle éprouve une joie secrète qui lui donne envie de galoper. Elle galope de toutes ses forces dans le fleuve à sec mais elle ne va pas jusqu'à la mer. Dès qu'on quitte les quartiers, dès que la ville prend forme autour du lit du fleuve, elle rebrousse chemin.

Sur le trajet de la tour au collège et du collège à la tour, Aïzan croise souvent Kevin. Il est avec d'autres garçons. Il la regarde en coin. Les autres garçons ont l'air de gros bébés à côté de lui. Kevin est long et fin, presque maigre, ses omoplates saillent dans son dos, son visage a quelque chose d'émacié, ses traits sont coupants, ce sont les traits d'un guerrier. Il est beau comme un héros grec, pense Aïzan depuis que la mythologie ne quitte plus ses pensées.

Un soir, juste après qu'il l'a appelée une Cheyenne, Kevin profite de ce que les autres garçons ne sont pas là pour approcher Aïzan.

– Je n'ai pas voulu me moquer de toi.

– Je sais. J'aime bien les Indiens.

– Tu sais, les autres disent de toi que tu te crois, que tu ne parles à personne, que tu fais l'écrivain.

– Et toi, qu'est-ce que tu crois ?

– Je crois que tu es vraiment une Indienne, la reine des Indiens.

Et ils rient tous les deux et se séparent vite pour ne pas qu'on les voie et qu'on se moque d'eux: «Les fiancés», «Kevin parle aux filles», «Kevin, la fille», on en passe et des pires. Mais désormais ils ne perdent pas une occasion de se dire des petits mots, vite, à la volée.

Quelque temps de ces échanges brefs, flèches tendres qui ouvrent chaque fois le cœur un peu plus. Puis un jour, vivement, Aïzan dit à Kevin: «Rejoins-moi mercredi au bord du Paillon. Je t'attendrai vers 2 heures près de l'ancienne cabane. Tu trouveras en suivant la berge.»

Le mercredi Aïzan avale son déjeuner. Elle file à la cabane où se tient la chouette effraie. Elle a brossé ses cheveux, cent coups de brosse, la tête en bas. Elle a mis son plus beau sweat-shirt, le plus neuf, rose avec un oiseau brodé. Sa mère lui dit: «Tu es bien jolie Aïzan, où vas-tu?» Mais sa mère n'a plus la main sur elle, Aïzan file sans répondre.

Elle est très en avance. Elle s'assied dans la broussaille comme un nid. Elle attend. Elle a sommeil. Elle s'est couchée tard comme presque chaque jour désormais, et puis il y avait la fête au-dessus de chez elle, musique, cris, rires jusqu'au petit matin, sans compter l'excitation d'avoir été si téméraire, sans compter l'appréhension.

Elle ne doit pas dormir. Si elle dort Kevin l'abandonnera pour toujours. Elle ne doit pas dormir, mais c'est plus fort qu'elle, elle lâche prise, elle s'endort, et le sommeil l'enlace bien serrée. Elle rêve qu'elle est au bord de la mer. Depuis qu'elle habite à l'Ariane elle a vu quelquefois la mer de loin mais elle n'est jamais allée tout au bord, elle n'a jamais touché la mer. Elle ne sait pas nager mais elle n'a pas peur. Elle entre dans la mer comme dans son lit et l'eau est douce comme un drap.

« Aïzan ! »

C'est Kevin qui se tient debout au-dessus d'elle. Son petit visage maigre est tendu comme sous le coup d'un effort violent, ses yeux brillent plus encore qu'à l'ordinaire.

« Je suis en retard, mon père ne voulait pas me laisser partir. » Il a l'air de siffler les mots, et la colère lui déforme un peu la bouche.

Aïzan pense qu'il a de la chance d'avoir un père qui l'empêche de partir mais elle ne dit rien. Elle lui parle plutôt de la dame blanche qu'ils essaient vainement de voir entre les branches sèches qui obstruent la cabane. Elle lui parle de Monsieur M'Boup et du fleuve Sénégal. Ensemble ils soulèvent les cailloux pour y trouver de menus trésors. Ils passent quelques-unes des plus belles heures de leur vie mais ils ne le savent pas encore.

– Je dois partir.

– Il n'est pas tard.

– Mon père ne va pas bien. Mes frères et sœurs sont encore trop petits pour s'occuper de lui.

– Comme tu es riche : un père, des frères et sœurs !

– Comme tu es libre.

– Je peux te dire quelque chose qui va peut-être te fâcher ?

– Dis toujours.

– Je trouve que ton prénom ne te va pas. Tu veux que je te dise ton prénom secret, un prénom qui est fait pour toi ?

– Dis toujours.

– Thésée.

Kevin rougit violemment, mais Aïzan voit bien que c'est de plaisir, et du coup elle rougit aussi. Ils se quittent, c'est-à-dire qu'ils s'enfuient chacun de leur côté. L'oiseau brodé sur le sweat-shirt rose d'Aïzan bat des ailes.

Aïzan fait un exposé en histoire sur la mythologie grecque. C'est la première fois qu'elle ne se sent pas en dehors de l'école mais dedans, la première fois qu'elle prend la parole en classe. Elle a les mains moites, la gorge serrée. Une fois de plus elle a mal dormi les deux ou trois nuits qui ont précédé. Et lorsqu'elle se lève et se dirige vers le tableau, elle essuie des moqueries: « Tu t'la joues, Aïzan », « intello », « lèche ». Les sons lui parviennent depuis le brouillard, ses tempes bourdonnent. Mais dès qu'elle ouvre la bouche, elle voit plus clair et les mots lui tracent un chemin sûr. Elle a beaucoup travaillé, elle est soutenue par deux ou trois choses qu'elle sait. Mais ce qu'elle ne sait pas, pas bien, c'est qu'elle voudrait délivrer une idée à la fois très simple et très difficile à comprendre, c'est que les dieux grecs nous parlent de nous, de nos peurs, de nos émerveillements. La mythologie n'est pas une féerie, il y est question de nos vies, de ce qu'il y a de trop obscur dans nos vies ou de trop lumineux, si bien qu'on est ébloui et qu'on ne voit plus rien.

Lorsqu'elle parle des héros, de Thésée, elle ne regarde pas Kevin, mais elle sait qu'il boit ses paroles, et elle verse le lait dans sa bouche avec une joie qu'elle n'a encore jamais éprouvée.

On est en mai. Il fait déjà très doux, presque chaud pour la saison. Il fait sec, il n'y a pas eu de pluies de printemps. Un filet d'eau dans le Paillon qui va bientôt tarir. Les autres ne se sont pas moqués d'elle quand elle est retournée à sa place après l'exposé. D'ailleurs ça lui aurait été égal à Aïzan, elle était prête à affronter les moqueries. Est-ce parce qu'elle avait parlé devant tous, parce qu'elle avait réussi à prononcer ces mots devant tous qu'elle se sentait délivrée, un instant? rien n'aurait pu grever sa légèreté de plume, de feuille, d'oiseau, de nuage, comme on voudra. D'autant que Kevin, devant tous, lui envoya un sourire à rendre jaloux les dieux.

Les dieux en effet ont été jaloux. Le lendemain même, Kevin ne vient pas au collège. Un jour, deux jours. Les profs demandent si quelqu'un sait ce que Kevin peut avoir. Un garçon, voisin de Kevin dit : « Il a des problèmes. » Rien d'autre.

Après la classe, Aïzan court jusqu'à l'immeuble de Kevin. Elle est remplie d'impatience, elle n'a plus aucune retenue. Elle fait malgré tout son possible pour ne pas se faire voir. Elle essaie d'apercevoir Kevin, mais au troisième étage où il habite, les volets en plastique beige sont tirés. Rien ne fait signe. Elle sait désormais combien les dieux peuvent être cruels, surtout avec les héros, même les plus intrépides, même ceux qu'ils préfèrent. Ainsi Thésée fut longtemps retenu prisonnier des Enfers, rivé à son siège où Hadès, le dieu des Enfers, l'avait convié à s'asseoir. Elle a peur pour Kevin. Le soir, elle reste longtemps près de la cabane abandonnée. Elle n'a pas le cœur d'appeler Ariane à son aide, elle la laisse dormir dans la paume de sa main, bien au chaud sous la peau, où la petite sœur se tient. Elle a plus peur pour Kevin qu'elle n'a peur d'être seule. Elle croit entendre le gros chut de la chouette effraie, mais à peine pense-t-elle à s'approcher de la cabane que la dame blanche s'envole au-dessus des broussailles. L'oiseau blanc gicle dans la nuit. Une fois encore Aïzan est émerveillée. Elle se souvient que la chouette est l'oiseau d'Athéna. Elle lui demande avec ferveur d'éclairer la nuit noire.

Les volets en plastique beige sont toujours tirés. Elle retourne encore et encore au pied de l'immeuble de Kevin. Elle finit par rencontrer sur le trottoir Madame Santos qui promène son chien. Tout le monde à l'Ariane connaît Madame Santos. On croit qu'elle habite là depuis la nuit des temps, depuis toujours. En vérité : depuis qu'elle est revenue d'Algérie, en 1963. « Revenue », c'est beaucoup dire puisqu'elle n'était encore jamais « venue » en France. Elle est née en Algérie comme ses parents et quand elle est arrivée à Nice, elle avait déjà deux enfants. Elle a habité quelque temps à Nice mais elle y était si perdue, « Je me suis retrouvée en pays étranger », a-t-elle l'habitude de dire. Elle s'est trouvée bien mieux à l'Ariane, elle n'en partirait pour rien au monde, elle ne partirait « même pas sur un plateau en or ».

Elle invite Aïzan à venir boire de la limonade et manger du gâteau chez elle. Aïzan a beau être farouche, elle accepte l'invitation, elle sent bien que Madame Santos veut lui dire quelque chose. Chez Madame Santos tout est propre et bien rangé, dans la salle à manger il y a un étincelant piano blanc. « Je n'en joue plus, j'ai des rhumatismes dans les doigts », dit Madame Santos. Elle attend qu'Aïzan se soit attablée devant la limonade et le cake (« moi, je ne mange plus de gâteau », dit Madame Santos qui est bien en chair) pour lui demander si elle veut des nouvelles de Kevin : « Je vous ai vus parler ensemble » et Aïzan se sent rougir. « C'est un bon garçon » (« C'est un héros », pense Aïzan), « C'est un bon garçon, et beau avec ça, mais il bien trop jeune pour ce qui arrive ». Aïzan se retient pour ne pas crier et presser Madame Santos de questions. Madame Santos prend son temps. Elle soupire, arrange une mèche blonde de son chignon. « Ils sont tous beaux dans la famille. Tu as vu la mère de Kevin, quelle belle femme ! et intelligente : elle parle comme un livre. Beaucoup jalousent ce don qu'elle a de parler. Mais son père tu n'as pas dû le voir. Quand il a connu la mère de Kevin, il venait d'arriver de Tunisie. Il était magnifique. Il venait de l'autre côté de la mer et il était magnifique. La mère de Kevin (dont les parents sont tunisiens, mais qui est née en France) devait le trouver encore plus beau parce qu'il venait de l'autre côté de la mer. Ils formaient un beau couple, tu peux me croire, et beaucoup de filles jalousèrent encore la jeune mariée.

Le père de Kevin était venu de son village tunisien avec deux amis. Les deux autres n'habitent pas l'Ariane, ils ont bien réussi, l'un a une petite entreprise de maçonnerie, l'autre je ne sais pas, mais ils ont réussi tous les deux. Ça n'a pas marché aussi bien pour le père de Kevin. Des petits boulots, rien de très brillant, et puis le chômage et le RMI. Il s'est mis à boire, avant ou après le chômage, je ne sais plus. Il s'est mis à boire et à accuser la mère de Kevin, c'était sa faute s'il n'avait pas réussi, c'était la faute de l'Ariane où elle avait voulu qu'ils habitent, ce quartier portait la poisse, on ne pouvait pas s'en sortir. Il buvait énormément, il s'est mis à grossir, il a perdu beaucoup de sa beauté. Il ne sortait presque plus, c'est pour ça que tu ne l'as jamais vu. Il devait avoir honte, honte d'être au chômage, honte de boire. Et puis l'autre soir, il était sans doute encore plus soûl que d'habitude, il a jeté les clés de l'appartement par la fenêtre, et comme la mère de Kevin lui reprochait son geste, il a dit : « Je vais aller les chercher », il a voulu passer par le balcon, il est tombé.

Non, non il n'est pas mort. Quand les pompiers sont arrivés, il était sur le dos, dans la rue, il ne bougeait pas, mais il répétait : « C'est sa faute », et un instant on a pu croire que c'était la mère de Kevin qui l'avait poussé. Il est rentré de l'hôpital, il paraît qu'il est couché sur son lit sans pouvoir bouger, une infirmière vient chaque jour, on ne sait pas s'il remarchera. Toute la famille s'est enfermée avec lui dans l'appartement, les volets sont tirés, tu as vu, comme s'il fallait qu'ils partagent son malheur et l'obscurité où il a sombré. C'est Kevin qui va faire les courses tôt le matin. J'ai pu lui parler, pas longtemps, quelques minutes.

Je ne sais pas si c'est un accident ou s'il s'est jeté du balcon. Ça n'a pas beaucoup d'importance. Un homme qui n'est pas désespéré ne va pas chercher les clés qu'il a jetées en enjambant le balcon du troisième étage.

Tu veux encore un peu de cake et de limonade ?

Aïzan voudrait dire : « Qu'est-ce qui arrive aux hommes en ce moment ? Pourquoi disparaissent-ils ou se jettent-ils du troisième étage ? Pourquoi vont-ils en prison ? Pourquoi se battent-ils comme des chiens ? Pourquoi ne peut-on pas leur parler ? » Mais elle ne dit rien, elle lutte pour ne pas pleurer.

« Je ne vais pas te raconter ma vie, mais j'ai eu beaucoup de malheurs, moi aussi. Je n'arrive plus à pleurer. Mais je sais toujours danser. J'ai dû savoir danser avant de savoir marcher. Je suis un as du rock. Oui, n'ouvre pas de grands yeux, une grosse dame comme moi, parfaitement. Mais je sais aussi danser le tango ou la valse. En as-tu seulement entendu parler ? Attends, je vais te montrer. » Et Madame Santos va mettre un disque en vinyle noir sur un tourne-disque, une vraie antiquité (« Rassure-toi, j'ai aussi des CD, comme tout le monde », ajoute malicieusement Madame Santos). « Viens, je vais te montrer. » Elle met les chaises du salon sur la table pour faire de la place. Et devant l'étincelant piano blanc, Aïzan danse la valse avec Madame Santos qui sent bon la violette. « Ma petite, t'es douée pour la danse, tu t'en sortiras toujours dans la vie », dit en riant Madame Santos.

Quelque chose s'est ouvert dans la poitrine d'Aïzan. Elle est triste pour Kevin, mais quelque chose s'est ouvert dans sa poitrine. Pour la première fois depuis longtemps, en rentrant chez elle, Aïzan réclame des câlins à sa mère, elle lui demande comment s'est passée sa journée, pour la première fois depuis longtemps elle lui parle et l'écoute. Aïzan a compris, sans pouvoir se l'avouer, sans pouvoir mettre des mots, qu'elle en a voulu à sa mère, qu'elle aussi a pensé que c'était la faute de sa mère qui n'a pas su retenir son père. Si Ariane ne s'était pas endormie profondément, avec tant de confiance et d'abandon, Thésée ne l'aurait pas quittée. Aïzan vit dans un monde où les femmes ont souvent tort, où elles sont accusées, où il arrive qu'elles soient insultées. Aïzan sent d'autant mieux l'injustice qui leur est faite qu'elle-même a été injuste.

Le soir, pour la première fois depuis longtemps, sa mère vient border Aïzan dans son lit. Elle lui chante doucement une berceuse tchétchène. Aïzan lutte pour ne pas s'endormir, elle voudrait entendre encore la voix de sa mère, mais la chanson l'entraîne dans un sommeil si tendre, si ample, si paisible, la chanson l'entraîne loin, dans une île au milieu des eaux, où rien, pas même la disparition de son père, pas même la chute du père de Kevin, ne la réveille jusqu'au matin.

C'est gréé de voiles noires que le navire de Thésée avait pris la mer pour la Crète, car ce voyage vers le Minotaure était un bien sombre voyage. Mais Égée, le père de Thésée, avait donné à son fils un second jeu de voiles, des voiles blanches, celles-là. En cas de victoire, Thésée devait munir son navire, au retour, des voiles blanches. Mais Thésée oublia de changer les voiles, peut-être parce qu'il ne se consolait pas de la perte d'Ariane. Égée guettait le retour de son fils sur le rivage. Lorsqu'il aperçut les voiles noires Égée crut que son fils avait trouvé la mort dans le labyrinthe et se jeta dans la mer.

Les pères des héros ont-ils une fâcheuse tendance à se jeter dans le vide ? se demande Aïzan.

Kevin ne revient pas.

Un matin, au moment de franchir le portail du collège, Aïzan fait volte-face et repart en courant. Elle se poste non loin de l'immeuble de Kevin. Elle le guette. Madame Santos n'a-t-elle pas dit que c'était lui qui allait faire les courses le matin ? Elle n'attend pas longtemps. Un quart d'heure ? une demi-heure ? Elle ne le reconnaît pas tout de suite, il a l'air plus petit, le visage fermé. Lorsqu'elle arrive à sa hauteur, il semble fâché de la voir et elle en a un coup au cœur.

– Tu sais ?

– Oui.

– C'est la honte.

– La honte ?

– Oui, la honte.

– Qu'est-ce que tu fais toute la journée ?

– Ma mère nous fait réviser nos leçons, je m'occupe de mes frères et sœurs, on ne parle pas fort, on regarde la télé, le son très bas, on n'entend presque rien, c'est drôle de ne voir que les images.

– Quand est-ce que tu vas revenir au collège ?

– Je ne reviendrai pas. C'est bientôt les vacances. Dans quelques jours, avec mes frères et sœurs on va partir en Tunisie chez mes grands-parents. Ma mère restera pour s'occuper de mon père. Peut-être qu'ils nous rejoindront pendant l'été si mon père peut se relever. Tu sais, j'ai entendu ma mère au téléphone qui disait : « Je n'ai pas compris cet homme. » Nous non plus, les enfants, on ne l'a pas compris. Il était tout seul.

– Comment ça s'appelle là où tu vas en Tunisie ?

– Jendouba. Un petit village près de Jendouba. C'est au nord. C'est très beau. Moi j'aimerais y vivre pour toujours. Quand il est là-bas, mon père c'est un autre homme. Mais ma mère ne veut pas partir, elle est trop française.

– Toi aussi tu es français.

– Moi ce n'est pas pareil.

Il a un petit sourire soudain qui le fait ressembler au Kevin d'avant.

– Il faut que je file. Mais un de ces soirs je viendrai te dire au revoir au bord du Paillon. Je ne peux pas te dire quand exactement. Je ne peux pas partir quand je veux. Je n'ose pas partir, j'ai peur de les laisser seuls, ça ne tourne pas rond dans leur tête en ce moment.

Il part en courant et le soleil fait briller ses cheveux drus.

« Ariane, ma sœur, de quel amour blessée… »

Son amie très précieuse, sa petite sœur, est bien à l'abri dans la paume d'Aïzan, elle est bien ensommeillée dans la chair d'Aïzan. Ces temps derniers Aïzan n'a pas frotté souvent les creux et bosses de son poing fermé (à propos : elle ne sait toujours pas les nommer). Mais sur les bords du Paillon, comme elle attend Kevin, Aïzan demande à sa petite sœur de lui prêter main-forte. Elle serait capable sinon de se faire mal pour supporter son impatience et sa peur que personne ne vienne, pour finir. Elle serait capable de s'écorcher les mains sur des pierres, ou Dieu sait quelle folie.

« – Anne, ma sœur Anne, ne vois-tu rien venir ? – Je ne vois que le soleil qui poudroie, et l'herbe qui verdoie. » Une sœur, encore une sœur, dans *Barbe-Bleue*, celle-là, qui lui revient alors que les jours rallongent et qu'il faut attendre encore plus longtemps dans cette lumière incendiaire qui est si belle et si tragique à la fois.

Un soir cependant, il pleut. Un vrai déluge, violent, sans appel. Le ciel tout entier se répand sur la terre et Aïzan danse sous l'orage, une vraie danse, violente, sans appel.

Aïzan entend parler d'une danseuse orientale qui donne des cours de danse à des filles du quartier. Sa mère l'encourage, elle lui dit qu'elle aussi aime beaucoup danser. Aïzan est étonnée, elle croyait sa mère si sévère, elle ne l'a jamais vue danser, elle ne l'imagine pas déliée et joyeuse. Un après-midi, Aïzan va avec sa mère, qui ne travaille pas ce jour-là, voir la danseuse orientale. C'est une très jeune femme, une jeune fille plutôt, elle est mère d'une petite fille, mais là encore c'est difficile à imaginer tant elle paraît fragile, un peu hors du monde, elle a de très grands yeux qui semblent regarder derrière vous quelque chose qu'elle seule peut voir. Elle bat très lentement des paupières pendant qu'elle vous parle, on dirait qu'elle va s'endormir, qu'elle va s'évanouir, s'absenter d'un monde trop lourd pour elle. Elle est très longue et très fine et ce jour-là elle porte une grande tunique blanche à volants qui la fait ressembler à une enfant ou à une princesse. Personne d'autre qu'elle ne pourrait porter pareille tenue. Elle n'est pas souriante, malgré son jeune âge elle porte une immense lassitude, une immense tristesse qu'elle transforme en arabesques quand elle danse. Elle s'appelle Doursafe et Aïzan l'aime sur-le-champ.

Doursafe danse comme on s'endort. Ses mouvements semblent venir d'un monde qu'elle ignore elle-même mais auquel elle s'abandonne sans aucune réticence.

Il est convenu qu'Aïzan commencera à danser avec Doursafe et les filles qu'elle ne connaît pas encore la semaine d'après. Aïzan se sent très intimidée et très excitée à la fois. Elle pressent que sa vie entière en sera changée.

Il arrive en courant. Aïzan le voit de très loin longer à toute vitesse le lit du Paillon à sec. Elle le reconnaît même de très loin. Quand il arrive à sa hauteur, il n'a plus la réserve qu'il avait dans la rue près de chez lui. Ses yeux sourient comme avant. Courir, galoper comme un cheval dans le lit broussailleux du fleuve, aller à toute allure dans ce terrain vague qui ouvre grand les bras à la rêverie, agiter librement sa crinière, et toute la douleur se décolle de votre peau, et toute la tristesse abandonne la partie : vous êtes trop rapide pour elle, vous êtes une flèche que rien ne peut tirer en arrière.

– On s'en va demain.

Il lâche ce peu de mots comme un chien lâcherait son os.

– Tu resteras tout l'été ?

– Oui.

– Tu reviendras à la rentrée ?

– Bien sûr.

– Tu ne voulais pas rester pour toujours en Tunisie ?

– Ma mère est trop française, je te l'ai déjà dit. Et puis ce que j'aime bien en France c'est qu'il y a des Cheyennes.

Ils rient tous les deux, un peu trop fort pour ne pas montrer leur gêne et leur timidité.

– Et toi, tu vas rester là ?

– Oui, mais je vais danser.

Elle voit bien qu'il pense que la danse c'est un truc de filles et qu'il ne peut pas aller jusqu'à en parler avec elle.

– Il faut que tu emportes un petit caillou, un bout de bois, pour te porter bonheur. Attends, je vais te chercher quelque chose de joli.

Elle fouille autour d'eux, retourne des pierres, mais rien ne retient son regard. Elle s'avance au milieu du lit à sec. Dans la vase séchée, d'un jaune acidulé, elle voit tout à coup une petite plume très blanche et très soyeuse. Elle la brandit triomphalement.

– Regarde, une plume de la dame blanche !

Elle sait que c'est un signe d'Athéna, la déesse à la chouette, la déesse guerrière qui est l'amie des héros.

– Tiens, Thésée, avec cette plume tu reviendras à tire-d'aile.

Il ne peut pas parler. À présent sa gorge est nouée. Il l'embrasse sur la joue, gauchement, du bout des lèvres, et s'enfuit encore plus vite qu'il est venu.

La chaleur est arrivée d'un coup, pour la Saint-Jean, elle a tout recouvert, hommes, animaux, paysage, d'un grand manteau invisible, mais qui pèse un peu au début, bien que les jambes et les bras se dénudent. Après, on s'y fait. Et même l'été nous tourne la tête, les soirées sont si longues, on a envie de vivre doublement. C'est bientôt la fin des classes, il n'y a presque plus d'élèves. Aïzan va au collège jusqu'au bout, elle y a pris sacrément goût. Le dernier jour, à la sortie du cours, le prof d'histoire lui tend un livre, *L'Odyssée*, dans une jolie édition illustrée.

– Tu te souviens d'Ulysse ? C'est l'histoire de son long retour semé d'embûches, chez lui, à Ithaque, après la guerre de Troie. C'est mon héros préféré, de très loin. Il n'aime pas tellement la guerre. Il est capable de tout, des pires ruses, des pires fourberies, pour se garder en vie et continuer d'inventer de belles histoires qu'il racontera à sa femme Pénélope et à son fils Télémaque quand il rentrera enfin à Ithaque après un très long voyage.

– J'aime bien quand les héros rentrent chez eux à la fin.

– Mais il arrive que quelque chose les empêche de rentrer, une magicienne au charme puissant, un cyclope redoutable. Ce n'est pas qu'ils ont oublié leur maison, c'est qu'ils se sont perdus.

– Il arrive que ce soit pour toujours ?

– Ça arrive. Mais tiens, prends le livre, il est pour toi.

Aïzan ne sait pas comment remercier, elle n'a pas tellement l'habitude qu'on lui fasse des cadeaux, mais en ce moment elle trouve qu'elle en reçoit beaucoup, ça lui fait presque peur. Elle est si contente d'avoir ce livre, elle le lira chaque soir dans son lit, et puis elle le glissera sous son oreiller. Elle dormira avec lui.

Et plus elle dort avec le livre, plus Aïzan se dit qu'un jour sa mère lui parlera de son père perdu peut-être pour toujours.

– Tu partiras en vacances, Doursafe ?

– En vacances ! dit doucement Doursafe avec un petit soupir de regret ou de mépris, on ne sait pas.

Elle lève ses grands yeux au ciel, les referme longuement. Elle veut cacher une douleur trop grande, elle va s'endormir. Mais non, elle rouvre les yeux, elle sourit à demi.

– Pas de vacances ! reprend-elle plus gaiement. On dansera tout l'été !

Tant mieux, pense Aïzan à qui le grand trou des vacances d'été fait peur. Mais elle a le livre et la danse. Elle a même acheté un tout petit cahier où elle écrit les histoires qui jusque-là se serraient dans la marge des feuilles de l'école. Elle ne sait pas encore que toute sa vie elle ne cessera de lire, d'écrire et de danser.

Aïzan est douée pour la danse. Elle met une sorte de fureur à apprendre à danser, bien qu'au bout du compte il y ait beaucoup de douceur dans la danse. Doursafe lui donne des cours particuliers, en dehors des heures convenues. D'ailleurs les autres filles ne viennent presque plus, il fait trop chaud ou bien elles sont parties. Doursafe et Aïzan dansent souvent toutes seules, elles se ressemblent, elles ont l'air d'avoir le même âge, elles ont l'air de petites filles ou de princesses, ou les deux à la fois.

– Demain, maman, tu ne travailles pas : on va prendre le bus, on va aller à Nice.

– Si tu veux Aïzan, pour te faire plaisir.

– Pour te faire plaisir à toi aussi. Tu mettras une belle robe, on se promènera sur la Promenade des Anglais, on se pavanera, on s'assiéra sur les jolies chaises bleues devant la mer. Et tu sais quoi ? On s'achètera des glaces. Après on ira sur la plage.

– Je ne me mettrai pas en maillot, Aïzan, d'ailleurs je n'en ai pas.

– Ça ne fait rien.

– Tout le monde me regardera.

– Tant mieux, tu es si jolie.

– Aïzan, qu'est-ce que tu racontes ?

– Moi j'irai me baigner. Je ne sais pas nager mais je me mettrai tout entière dans la mer, même la tête. Je resterai au bord, n'aie pas peur. Et toi tu t'allongeras sur les galets, on prendra des grandes serviettes, et tu dormiras au soleil. Tu verras comme c'est agréable.

La mère d'Aïzan rit, elle n'est pas encore convaincue, mais Aïzan ne lâchera pas prise et elle est si obstinée quand elle veut. Depuis quelque temps, elle ne cesse d'imaginer sa mère dormant sur la plage. Thésée a abandonné Ariane pendant qu'elle dormait sur l'île, mais Dionysos l'a enlevée pour l'épouser pendant qu'elle dormait aussi. Si sa mère s'abandonnait pour dormir sur la plage, peut-être finirait-il par arriver qu'elle cesse d'être seule, peut-être seraient-ils de nouveau 3, et peut-être même sa mère lui donnerait-elle une vraie petite sœur qui ne viendrait pas de sa paume, qui serait vraiment différente d'elle, qui lui dirait des mots durs et tendres qu'Aïzan ne sait pas encore.

Cette nuit, après avoir affronté les mers avec le bel Ulysse, Aïzan n'arrive pas à s'endormir. D'ailleurs les voisins font encore la fête. Est-ce que sa mère arrive à dormir avec tout ce bruit ? Aïzan se lève et va doucement jusqu'à la chambre de sa mère. La porte est entrouverte. Sa mère paraît dormir paisiblement. Comme Aïzan retourne se coucher, elle est arrêtée dans le couloir par le chant d'un homme, un chant gitan qui s'élève tout seul et supplante soudain tous les bruits de la fête. La voix est écorchée. Ce chant est une plainte. Sans doute parle-t-il d'exil et d'abandon. Mais ce chant est aussi un chant d'amour, Aïzan l'imagine au tremblement de la voix. Debout dans l'étroit couloir, Aïzan écoute longtemps l'amour qui fait pleurer et trembler, l'amour qui rend magnifique la voix des hommes, et transperce la nuit noire.